TACTIQUE

DE

M. DE VILLÈLE.

PAR M. POLY..,

Auteur de la brochure *des Partis en France et dans la Chambre des Députés, pendant la session de* 1822, et de celle *de la Sainte-Alliance et du prochain Congrès*.

PARIS,

CHEZ
PELICIER, libraire, place du Palais-Royal, nº 243.
BECHET aîné, libraire, quai des Augustins.
PONTHIEU, libraire, Palais-Royal.

1822.

DE

LA TACTIQUE

DE

M. DE VILLÈLE.

UNE brochure de quinze pages est venue nous distraire du congrès qui s'ouvre, des élections qui s'approchent, de la Grèce, de l'Espagne; on a voulu, à ce qu'il paraît, que cette brochure fît événement; elle est intitulée : *De M. de Villèle.*

La situation, les moyens, les projets futurs, ou possibles, ou supposés de M. de Villèle, tel est en effet le sujet de la brochure. On la dit écrite sous son inspiration. Les journaux libéraux, par la méfiance qu'elle leur inspire, les journaux ultrà par l'embarras avec lequel ils l'attaquent, semblent s'accorder à dire qu'ils en sont convaincus. Le *Journal des Débats*, véritable organe ministériel, n'en dit rien. M. de Villèle laisse écrire et parler sur la brochure qui porte son nom et se mêle de ses affaires, sans rien faire pour la désavouer. Il faut donc la prendre comme venant de lui, c'est-à-dire de sa volonté.

La nouvelle que voudrait accréditer la brochure *de M. de Villèle*, c'est que le premier ministre élevé par la faveur de l'ancien régime, commence à croire que le parti qui l'a poussé si loin pourrait bien aujourd'hui le pousser trop fort. Il est tenté, nous dit-on, d'en rester là. Ceux qui veulent quelque chose de mieux ne lui conviennent plus. Il se plairait au contraire assez avec quelques-uns des constitutionnels, s'ils voulaient lui prêter main-forte contre tels hommes de son ancien parti qu'il trouve trop enclins à des changemens devenus, au sentiment de M. de Villèle, désormais inutiles et même dangereux.

Tout n'est pas nouveau dans cette attitude où M. de Villèle semble vouloir, sinon se placer, du moins se faire croire; depuis long-temps et plus d'une fois il a essayé de ce stratagème. A peine est-il sorti des rangs de l'opposition pour entrer dans les affaires, que certaines personnes ont voulu attacher à sa personne une espérance mystérieuse; et ses efforts, ses progrès même dans le système que redoute la France, n'ont point entièrement dissipé le nuage dont il a pris soin de s'envelopper.

On se rappelle qu'en 1820, lorsqu'un incident appela momentanément M. de Villèle au fauteuil de président, son court *interim* étonna la chambre d'une impartialité peu périlleuse il est vrai, pour son parti, mais dont on lui sut quelque gré.

Un peu plus tard, M. de Richelieu, rentré au ministère dans la persuasion que la contre-révolution se soumettrait à son empire, en vint, de résistance en résistance, à recevoir, comme une faveur du parti, la permission d'associer au ministère les chefs de la majorité de 1815. Les constitutionnels ressentirent ce nouveau désastre, mais on répéta beaucoup que M. de Villèle était le seul homme en état d'obtenir de la clémence des siens quelqu'adoucissement aux conditions que le ministère s'était imposé la nécessité de subir.

M. de Villèle est devenu ministre de son chef, et beaucoup de gens ont fait remarquer qu'on aurait pu craindre bien pis. Ainsi, il s'est toujours présenté comme donnant au rabais ce qu'il nous faisait encore payer bien cher; et par-là, il s'est concilié l'opinion d'un certain nombre d'hommes toujours disposés à accepter de bonne grâce le mal qu'on leur fait, par la considération du mal qu'on aurait pu leur faire et qu'on leur épargne en attendant.

Ministre des intérêts anciens, M. de Villèle parut à la chambre des députés, sous un aspect assez favorable. Une sorte de tournure constitutionnelle, bornée, il est vrai, aux formes de la discussion, lui acquit, même dans le côté gauche, je ne sais quelle popularité tout-à-fait indépendante de ses actes. L'opposition qui s'était vue exposée à tant d'invectives et de dédains, apprit de lui qu'on pouvait épargner l'insulte en redoublant les coups, conserver les apparences de la discussion, en signifiant ses volontés; et M. de Villèle, ministre sociable, sembla vouloir rétablir entre le gouvernement et ses adversaires, sinon la faculté de s'entendre, au moins celle de s'écouter et de se répondre.

Le nouveau ministère n'en avançait pas moins dans la route où l'avait lancé son origine, et les progrès du système s'accéléraient avec rapidité; mais soit qu'il conduisît ou suivît la marche, M. de Villèle avait toujours soin, par un regard furtif, d'avertir les spectateurs de sa répugnance. On recueillait à la chambre les marques d'improbation qu'il laissait échapper sur les violences de son parti ou les imprudences de quelques-uns de ses collègues. Nul choix un peu significatif pour les espérances du parti ne devenait public qu'aussitôt on ne répandît le bruit que M. de

Villèle l'avait ou retardé ou combattu. Rien ne s'est accompli que M. de Villèle n'en ait recueilli, dans l'esprit de certaines gens, le mérite d'avoir empêché qu'on n'allât plus loin. Depuis les projets de guerre contre l'Espagne, jusqu'à la mise en activité de M. le vicomte Donnadieu, tout est invoqué au profit de M. de Villèle; car au lieu d'une entrée en campagne, nous n'avons encore qu'une armée d'observation; et M. le vicomte Donnadieu, qui devait commander une armée, ne commande qu'une division militaire.

Les faits peuvent donc grossir, s'accumuler; plus le danger paraîtra imminent, plus M. de Villèle prendra soin de se présenter comme l'ancre de miséricorde. Vague et incertaine comme les faits dont elle se nourrit, l'espérance qu'il veut inspirer ne s'attache fermement à rien; mais on n'y persiste pas moins. Une intrigue de cour cause moins d'alarmes à certaines personnes depuis qu'elles ont la ressource de croire que M. de Villèle y prend quelque part. Si des jugemens rigoureux viennent attrister un public dégoûté du sang, je ne sais quel espoir s'élève que M. de Villèle voudra diminuer au moins le nombre des coups; les coups sont frappés; et aussitôt circulent je ne sais quelles rumeurs des efforts inutiles qu'a tentés

M. de Villèle, pour prouver que tout n'est pas sagesse dans la rigueur.

Enfin M. de Villèle est devenu premier ministre, et en même temps le ministère a pris un nouvel essor dans les tristes voies où il est entré. Mais il n'importe; il y a des gens qui savent, par des détails secrets, mais certains, par des mots recueillis en vingt endroits, que M. de Villèle n'est pour rien dans ce qui se fait sous la direction de son pouvoir. A les en croire, il désapprouve ce qu'il exécute, il lutte contre le parti dont il poursuit le triomphe; il luttera toujours en avançant toujours davantage vers un but qu'il travaille à atteindre, mais dont il voudrait s'éloigner.

Voilà le point où nous a trouvés la brochure de M. de Villèle. Elle était, ce semble, assez bien préparée pour ne pas causer une grande surprise, pour qu'on n'y mît pas une grande importance. M. de Villèle, en la laissant publier, n'a pas changé de système. Dans cette nouvelle apparition, il se montre toujours le même, toujours livrant en paroles ceux qu'il sert en effet, en apparence entraîné par son parti pour avoir l'air de le retenir, occupant le parti opposé de ses discours pour le distraire de sa marche, et attentif à ranimer l'espérance de ceux dont il veut assurer la perte.

Mais on se demande : Que veut donc faire enfin M. de Villèle de ces espérances qu'il s'applique à entretenir? Quel besoin aurait-il de retenir avec tant d'art des alliés qu'il serait décidé à abandonner? N'est-il pas possible, au contraire, qu'averti dès long-temps par l'indocilité de son parti, de la nécessité où il serait de chercher un jour un appui dans le parti contraire, il soit enfin arrivé au moment prévu, préparé par lui, au point où il faut enfin qu'il se déclare? La brochure ne peut-elle être en effet une déclaration préparatoire de M. de Villèle, un premier avis donné aux hommes qu'il veut disposer à se rallier autour de lui?

Nul doute que M. de Villèle n'ait voulu, par la publication qu'il a permise, produire cet effet sur les hommes pour qui elle peut devenir un motif d'espoir ; mais avant de partager leur impression, il faut y regarder de près.

De deux choses l'une :

Ou M. de Villèle, effrayé par la violence de son parti, inquiet de son ambition, cherche réellement à se fortifier contre les attaques qu'il en redoute, et voudrait trouver dans l'opposition quelques nouveaux alliés à joindre au centre droit, devenu trop faible pour résister seul à cette portion de la droite où réside la partie indisciplinée de l'armée. Alors la brochure de *M. de Villele* serait en effet le signal d'un pas rétrograde, d'une évolution vers le parti national.

Ou bien M. de Villèle, lié jusqu'au bout d'intérêts et de vues avec son parti, déterminé à aller aussi loin que ce parti voudra le conduire, cherche seulement à en ralentir la marche pour la rendre plus sûre, et en même temps à embarrasser l'opposition qui pourrait la rendre plus difficile. Dans cette dernière hypothèse, ce bruit tout-à-coup répandu de la possibilité d'une alliance avec une portion du parti constitutionnel, serait parfaitement propre à atteindre le double but de M. de Villèle.

D'une part l'inquiétude se mettra dans le côté droit; en voyant le danger si prochain, il commencera à examiner ses forces et à douter de sa victoire. Les cent cinquante voix qu'il se vante de pouvoir opposer au ministre réfractaire ne sont pas tellement assurées que le ministre en crédit n'en puisse détacher quelques-unes. M. de Villèle menace; il a donc, dira-t-on dans le côté droit, le sentiment de sa force; le parti avait cru faire peur à M. de Villèle, le ministre n'a pas peur du parti, c'est le parti qui commence à trembler; et voilà les rebelles implorant le pardon du clément général qui les reçoit à composition. Les sermens réciproques sont renouvelés; mais l'exécution s'ajourne jusqu'au moment désigné par la prudence du chef. L'indemnité des émigrés, dont quelques mains brûlaient d'avancer la jouissance, n'est peut-être pas encore, aux yeux de M. de Villèle, une mesure suffisamment préparée ; pour d'autres projets le clergé n'est pas assez puissant, ou la démocratie assez contenue. On soupire, mais on cède. Les exigeances du parti sont suspendues, et M. de Villèle respire pour quelque temps.

D'un autre côté, ce qu'il aura obtenu de son parti par la crainte, il espère l'obtenir du parti constitutionnel par l'espérance. Comme la crainte aura réuni la majorité, il se promet que l'espérance divisera l'opposition. Les hommes auxquels il se sera adressé pourront croire prudent, pense-t-il sans doute, d'amortir les coups que voudra lui porter une portion du parti, plus méfiante ou plus dédaignée. Du moins l'ardeur de combattre sera-t-elle moins vive chez ceux que flattera l'espoir prochain d'une paix avantageuse pour la France. Il craindront, en attaquant trop à fond le système, de réveiller trop fortement les haines contre le ministre dont ils peuvent faire un utile allié. Ils ne voudront pas, par une opposition trop prononcée à des mesures douteuses, rejeter à jamais dans les rangs de leurs ennemis celui qui paraît vouloir chercher parmi eux un refuge. Les attaques combinées s'ajourneront des deux côtés, et M. de Villèle aura gagné du temps.

Voilà qui est possible, voilà même, il faut le dire hautement, ce qui paraît le plus probable. On peut en croire M. de Villèle lui-même. Il n'a pas démenti sa tactique accoutumée, au point de jeter un tel poids dans un bassin de la balance, sans qu'aussitôt un contre-poids ne vienne rétablir l'équilibre. Peu de jours après l'apparition de la brochure semi-confidentielle, un article semi-officiel du *journal des Débats* du samedi 5 octobre, sans la contredire, sans la nommer même, a prissoin d'en amortir l'effet. A peine le parti national a-t-il reçu d'un côté un coup d'œil et quelques paroles, que de l'autre, on s'empresse à rassembler tous les faits qui prouvent au côté droit son triomphe effectif et la coopération du ministère. Le *Journal des Débats* recommande positivement aux royalistes de ne se pas diviser s'ils veulent rendre leur victoire complète ; la brochure insinue qu'on pourrait bien les diviser pour les empêcher de porter leur victoire aussi loin qu'ils le désirent. N'est-ce pas là toujours M. de Villèle, fidèle au précepte de laisser ignorer à sa main gauche ce que fait sa main droite, attentif à occuper les esprits par l'incertitude, à présenter et retirer à la fois la crainte et l'espérance, pour n'en donner que ce qui lui convient, et ne pas donner autre chose ?

En un seul point, la brochure et le *Journal des Débats* ont parlé le même langage. Dans l'une, M. de Villèle n'a pas *encore acquis assez d'ascendant* pour ramener le ministère au système de la modération ; dans l'autre, M. de Villèle n'a pas encore *la force*, *l'aplomb*, *les lumières* nécessaires pour opérer tout le bien que son parti doit espérer, d'après le bien qui lui a déjà été fait. C'est encore, et plus que jamais, M. de Villèle achetant libéralement, aux dépens du passé et même du présent, l'avenir qu'il veut qu'on lui accorde, prenant pour garant de ses promesses l'aveu de son impuissance, ou s'il le fallait même de ses fautes ; tant M. de Villèle fera bon marché de ce qui est pour qu'on croie ce qu'il veut.

Rien n'est donc changé dans notre situation à l'égard de M. de Villèle. Nous assistons au même jeu, et si ce jeu continue de la même manière, ce qu'il y a de plus vraisemblable, c'est qu'on le continue dans les mêmes vues et toujours au profit de ceux à qui jusqu'ici il a toujours profité.

Sans doute une telle tactique devient aujourd'hui difficile et dangereuse. Ménager sous les yeux du public deux partis en présence, promettre à l'un, accorder à l'autre et les tenir tous les deux sous sa loi, sans que l'un échappe par la certitude de la victoire, l'autre par la lassitude des sacrifices, voilà la tâche que s'imposerait M. de Villèle; et pour le croire en état de l'accomplir, ce n'est point encore assez des preuves d'adresse qu'il a déjà données en ce genre. M. de Villèle n'est plus dans cette position humble et cachée de ministre à la suite, qui en 1821, s'adaptait si bien à la manœuvre sur laquelle il semble toujours compter. Considéré alors, d'un côté, comme l'agent du ministère auprès de son parti, de l'autre comme l'agent de son parti auprès du ministère, il pouvait se réfugier, contre la volonté de chacun, dans la nullité de sa propre influence. *Je ne peux pas encore demander plus*, disait-il à son parti; puis il revenait dire à M. de Richelieu : *Je ne peux pas contenter à moins*. Alors la trop vive impatience du parti cédait à la crainte d'effaroucher avant le temps un ministère complaisant à regret. Alors la résistance du ministère accordait quelque chose au danger d'irriter un parti toujours prêt à s'échapper de ses mains.

Ainsi M. de Villèle pouvait jusqu'à un certain point mesurer à son pas le mouvement auquel il se laissait conduire, et reculer la bataille jusqu'au moment où il se croirait en état de recueillir la victoire.

Les temps sont changés; ce n'est pas à M. de Villèle à s'en plaindre. Ces mots, *je ne peux pas*, que pouvait répéter, pour se défendre, le fondé de procuration du côté droit, ne conviennent plus dans la bouche du premier ministre. Ce n'est plus du moins à son parti qu'il lui est permis de les opposer. Le pouvoir qu'il possède le livre sans défense à ceux dont il le tient. Quand le parti de M. de Villèle se résignait à lui entendre dire, *je ne peux pas*, c'était pour lui laisser les moyens de pouvoir un jour; ce jour est arrivé. M. de Villèle n'a pas été fait ministre pour opposer son impuissance à l'opinion qui l'a élevé pour profiter de son pouvoir. Il se réfugie derrière la volonté royale; il en a, dit-il, rencontré les limites. C'est en brisant un ministre que se révèlent les limites de la volonté royale. Elle en a sans doute, et de salutaires, et qui sont toujours l'espoir de la France; mais le ministre, qui les a touchées, tombe. Tant qu'il demeure, il n'est point admis à dire que la volonté royale ne veut plus du système qu'il représente. Nous ne sommes pas assez ignorer que les limites de la volonté royale, qui peuvent changer avec les ministres, sont l'œuvre des ministres, tant que la sagesse royale ne juge pas à propos de les changer eux-mêmes. M. de Richelieu crut aussi les connaître; il crut pouvoir les opposer à l'adresse de la Chambre des députés, au mouvement qui battait en ruines son ministère. Huit jours après, M. de Richelieu était tombé, et d'accord avec le système constitutionnel, les limites de la volonté royale avaient reculé jusqu'à M. de Villèle.

Qui peut interdire au côté droit l'espoir de les reculer encore? Une majorité plus vive peut déterminer contre M. de Villèle et son système, la volonté qu'une autre majorité a déterminée, en 1822, contre celui de M. de Richelieu. M. de Villèle le sait si bien que c'est précisement là le péril qu'il s'efforce maintenant de prévenir. Saurait-il aussi que, pour y réussir, il faut d'autres moyens que ceux qui lui ont suffi jusqu'à ce jour? Comprendrait-il que, pour gouverner encore son parti, il faut, au lieu de *je ne peux pas*, commencer à lui dire, *je ne veux pas*?

C'est-là ce que croient les hommes qui prenant au sérieux la brochure de *M. de Villèle*, s'arrêtent à la première des deux hypothèses; ils supposent qu'éclairé sur le danger de sa position, novices dans les principes constitutionnels pour M. de Villèle peut réellement sentir la nécessité de s'assurer contre cette portion de son propre parti qui ne le porte en avant que pour lui passer ensuite sur le corps. Ils ne jugent pas impossible qu'il ait été conduit à réclamer sincèrement le secours de ceux qui ont intérêt, comme lui, à repousser les invasions de l'ennemi commun. Prêtons-nous un moment à cette supposition.

Scinder la droite, diviser la gauche, tels seraient les premiers procédés de l'opération que paraîtrait se proposer M. de Villèle; mais s'il a réellement besoin de secours, s'il lui faut un nouveau parti, M. de Villèle ne peut vouloir diviser que pour réunir. Aussi annonce-t-il l'intention d'enlever au côté droit et au côté gauche de quoi rcformer un centre. Malheureusement, quand même cette intention serait réelle, rien n'indique par quels moyens elle pourrait se réaliser. On peut, comme le dit la brochure de *M. de Villèle*, sentir la nécessité d'allier la *modération* à l'*énergie*, sans que par là on ait fait, de part ni d'autre, un seul pas qui conduise à convenir sur ce que chacun entend par *énergie* et par *modération*. Il est fort possible, comme le suppose la brochure, que M. Royer-Collard et M. Lainé s'accordent à désirer quelque chose de moins véhément que les expressions de M. le général Donnadieu ou celles de M. le général Demarçay; mais cela ne prouverait que l'éloignement commun de ces honorables députés pour les expressions et même les opinions passionnées; on ne verrait point encore dans quelles opinions communes ils pourraient eux-mêmes se réunir, sur quelle base ils pourraient travailler de concert à fonder un nouveau système de conduite et de gouvernement. Cette base, c'est à M. de Villèle à la donner. Or, c'est là ce qu'il n'a pas laissé entrevoir; il n'a pas même laissé entrevoir que ce premier soin lui parût nécessaire.

M. de Villèle pense peut-être qu'un danger commun réunira, sans condition, des hommes presqu'également menacés par l'inimitié d'un parti qui, une fois complètement vainqueur, ne fera pas grande différence entre ses anciens alliés et ses premiers ennemis. Mais M. de Villèle se trompe lorsqu'il semble supposer que le danger qui menace aujourd'hui l'opposition est seulement là où il le lui montre. En 1816, le danger ne venait que des partis; un centre se forma de lui-même; le gouvernement en devint le point d'appui. Ce qu'on craignait alors, c'était les violences désordonnées; or, le gouvernement rassurait contre les désordres et les violences; on aimait à lui prêter de la force, parce qu'on en recevait de la sécurité. Il eut moins à transiger sur ses intérêts qu'à faire connaître ses besoins qui étaient alors les nôtres; il obtint beaucoup parce qu'on avait, non point à se garantir de lui, mais à le garantir lui-même de l'invasion d'un parti qui nous menaçait en le menaçant. Le pouvoir était isolé et libre; autour de lui se rallièrent des opinions fort diverses, que rapprochait le seul désir d'empêcher qu'il ne fût envahi par une faction; et c'est du respect de beaucoup de gens pour l'influence conservatrice du pouvoir que le ministère obtint, dans les lois des élections, du recrutement et de la presse, quelques garanties de liberté.

Depuis 1820, le gouvernement a fait affaire avec un parti, et de 1820 jusqu'à ce jour, ils se sont réciproquement livré les garanties que nous possédions déjà, et dont les intérêts généraux ont besoin pour se défendre eux-mêmes, soit contre les excès des partis, soit contre les abus du gouvernement. Par la création des colléges de département, la France nouvelle a perdu son influence sur l'élection des députés qui font ses affaires. Par l'abolition du jury dans les procès de la presse, elle a perdu le droit de veiller elle-même au maintien de la publicité. Le ministère et le côté droit se sont unis pour se partager ces dépouilles de la France. M. de Villèle doit penser que pour lui prêter secours au moment où, s'il faut l'en croire, il en a besoin, la première chose que lui demandera l'opposition, ce sera de la mettre en mesure de ne point se voir toujours près de retomber dans le même péril. Il faut non-seulement que l'alliance du ministère avec l'ancien régime soit dissoute, mais qu'elle ne puisse plus se renouer. Que le pays recouvre la liberté d'exprimer son opinion dans tous les jugemens par l'organe du jury, dans les élections, par une loi sincère; alors le ministère pourra, en effet, réclamer de l'opposition des secours qu'elle ne redoutera plus de voir tourner contre elle-même.

Est-ce là ce que M. de Villèle peut avoir l'intention de nous rendre? Il faudrait pour le croire avoir reçu des promesses bien positives; et M. de Villèle n'en parle seulement pas.

De quoi parle donc M. de Villèle dans cet écrit, sur lequel se sont appuyées tant de conjectures? A quels signes croit-on reconnaître une sincère intention de retour vers les principes, ou seulement vers les hommes constitutionnels? Serait-ce à quelques mots assez méprisans pour ces gentilshommes de province, qui ont porté M. de

Villèle au pouvoir, et voudraient en récompense qu'il leur donnât la France à exploiter? Serait-ce à cette compassion dédaigneuse pour le zèle et la fidélité qui ne rendent pas les hommes propres à tout, et ne peuvent suppléer à l'habitude des affaires de la France, perdue nécessairement par une trop longue absence? La plaisanterie, si c'en est une, peut paraître poussée un peu loin; et si M. de Villèle n'a pas voulu, par ces paroles, donner à l'opposition un gage effectif de l'intention où il est de rompre en visière au parti, il pourrait bien avoir commis une grande maladresse. Mais après tout, ce n'est pas uniquement d'émigrés que se compose le parti de M. de Villèle; et s'il faut depuis long-temps s'être mêlé des affaires de la France, pour en être jugé capable, M. Dudon, M. Bourrienne et tant d'autres n'y sont pas nouveaux. Les plus zélés du parti ne se sentiront donc nullement compromis dans cette petite complaisance par laquelle on veut flatter les rancunes libérales. Et quant aux gentilshommes de province, le moyen vraiment efficace de leur prouver, quoiqu'on en ait pu dire, qu'on les trouve propres aux emplois, c'est de leur en donner. Ceux qui en veulent apprendront ainsi qu'ils ne sont pas de la catégorie de ceux à qui l'on prétend devoir en refuser; et ceux qui n'en demandent pas, ne prendront pas pour leur compte un refus qui ne peut leur être adressé. C'est précisément ce que fait M. de Villèle. M. de Castel-Bajac, M. de Limairac, etc., ont déjà été chargés d'apprendre à leur parti que la route des fonctions publiques pouvait s'ouvrir aux gentilshommes de province, et M. Cornet-d'Incourt est là pour prouver qu'elle ne leur est pas encore fermée. Que les constitutionnels ne se hâtent donc pas d'espérer; on accepte sans trop se faire prier le repentir d'un premier ministre; et même après cette petite gaîté, il s'en faut bien que M. de Villèle ait perdu tout moyen de s'entendre avec son parti.

M. de Villèle indique-t-il du moins aux hommes qu'il prétend vouloir attirer vers lui, les idées de conciliation qui ont pu lui venir en pensée, les bases sur lesquelles on pourrait traiter? Pas un mot qui ressemble à rien de pareil. On laisserait, dit la brochure, *entrevoir au centre gauche une participation proportionnelle dans le pouvoir et dans l'influence.* On présume sans doute que le centre gauche ne manquerait pas de se précipiter du côté où on lui laisserait *entrevoir* cette participation au pouvoir. Si l'on veut absolument voir là une avance de M. de Villèle au centre gauche, on conviendra du moins que la manière d'entrer en négociation n'est un peu légère. Que M. de Villèle veuille donc bien comprendre l'état de la question. Les hommes à qui on montre ainsi un peu de pouvoir en perspective ne sont, à coup sûr, ni en situation ni en volonté de l'accepter, dans l'état où il est aujourd'hui. Ce sont leurs talens, leur caractère qui les ont rendus forts; mais leur force vient des intérêts et des sentimens auxquels ils ont su inspirer confiance. Ils appartiennent à l'opinion nationale; et c'est apparemment cette opinion que M. de Villèle voudrait se concilier par leur secours; car sans cela, ils n'ont rien à faire pour lui. Or, elle redemandera pour première condition les garanties de la représentation nationale que lui refuse la loi d'élection actuelle, les garanties de la publicité qu'elle ne peut avoir sans le jury. Le parti constitutionnel doit ratifier le traité; autrement, il sera nul : les hommes de l'opposition n'auront rien donné, le ministère n'aura rien acquis. M. de Villèle aussi fut appelé, sous M. de Richelieu, à la participation au pouvoir, parce qu'il sut persuader à son parti que le pouvoir de M. de Villèle lui serait utile. Quand le parti trouva qu'il n'était bon à rien, ou du moins à rien de ce qu'il voulait, force fut bien à M. de Villèle d'abandonner cette petite portion de pouvoir qu'il avait été appelé à goûter.

Mais, dira peut-être M. de Villèle, je suis entré dans le ministère de M. de Richelieu, pour faire les affaires de mon parti, et j'y ai réussi, comme chacun sait; de même vous approcherez de mon ministère pour soigner les affaires du vôtre. On ne vous aura pas appelés pour seconder les mesures qu'on veut refuser au côté droit. Votre seule présence auprès du pouvoir sera un garant de sa conduite, et réveillera dans le cœur de vos amis un courage qu'on n'aura plus les mêmes moyens de comprimer. Vous serez forts contre moi, par cela seul que vous ne me craindrez plus; par vous seuls, je pourrai demeurer fort contre le parti que j'aurai aliéné en l'abandonnant. Comment voulez-vous que j'abuse, contre vous, d'un pouvoir que, sans vous, je ne pourrai conserver ? Des élections, dirigées dans l'intérêt de l'ordre constitutionnel, recruteront la chambre d'hommes voisins de votre opinion. Ne cherchez donc pas à faire retomber dans les mains indépendantes de la masse des citoyens, ce pouvoir électoral dont le ministère n'usera qu'à votre profit. La conduite du ministère public, l'exécution des lois, les destitutions seront soumises à votre surveillance. Qu'auriez-vous besoin de réclamer les vraies garanties juridiques contre des actes arbitraires, contre des procédés extra-légaux dont votre seule intervention suffira pour arrêter le danger? Ne me demandez rien de plus que la modération dans l'exercice du pouvoir tel qu'il est fait aujourd'hui; l'opinion reprendra par-là son cours régulier, interverti par tant d'orages, et sous la main paternelle d'un gouvernement fort, le temps amènera paisiblement l'époque où nos vœux à tous doivent être comblés par des institutions empreintes de la sagesse qui aura présidé à leur établissement.

Tel serait le *maximum* des promesses que pourrait faire M. de Villèle à l'opposition, si tant est qu'il lui voulût faire des promesses. En supposant que de telles propositions pussent être présentées sérieusement, l'opposition répondrait: « Nous avons vu, en 1815, une faction près d'envahir absolument, et pour en user avec la dernière violence, le pouvoir arbitraire, héritage du gouvernement impérial. Le péril amena l'ordonnance du 5 septembre; depuis cette époque jusqu'en 1820, l'administration a été douce, modérée; mais les institutions n'ont point suffi à prévenir le mal que l'ordonnance du 5 septembre avait repoussé. L'alliance du ministère et des intérêts anciens a été reprise et consommée, il faut maintenant ou qu'elle soit rompue sincèrement et pour toujours, ou qu'elle porte ses fruits. Nous ne nous contenterons point de tergiversations dont l'inutilité est déjà prouvée. Nous ne contribuerons point à endormir la France, quand il faut qu'elle veille et se défende. Rendez-lui les moyens de se garantir elle-même, ou continuez d'avancer sans nous et malgré nous, vers le but que vous poursuivez. »

Telle est au vrai la situation. M. de Villèle n'a donc jusqu'à présent donné à l'opposition aucun gage sérieux de ses intentions conciliatrices ; il ne lui a encore présenté aucune base sur laquelle des transactions puissent vraiment s'établir. Qu'il soit embarrassé de son propre parti, cela est clair ; qu'il ne puisse venir à bout de le gouverner et s'en croie menacé, on n'en saurait douter. L'opposition a pu prévoir que M. de Villèle en viendrait là, et à coup sûr, elle serait charmée que les embarras du ministre fournissent les moyens de mettre un terme au système désastreux qui commence à peser sur lui-même. Mais elle ne peut se laisser prendre pour dupe ; elle ne saurait se contenter de paroles vagues ; que le système change réellement, alors seulement elle pourra prêter son appui. Le rétablissement, la consolidation, le développement des vrais principes de la charte, voilà notre but. M. de Villèle veut-il y marcher avec nous? Tout ce que prouve jusqu'ici sa brochure, c'est qu'il ne sait comment marcher, sans tout perdre, avec le parti qui veut aller ailleurs.

Que sera-ce si, après avoir mis en doute la volonté de M. de Villèle, on cherche à quel point il pourrait compter lui-même sur sa puissance? quels sont ses moyens pour entamer la négociation, et conclure le traité qu'il veut avoir l'air de provoquer? M. de Villèle n'est pas seul : s'il cherche des voix dans l'opposition, c'est pour les réunir aux siennes, et les voix de M. de Villèle ne lui appartiennent pas tellement, qu'il en puisse disposer à son gré en faveur de l'opinion et de la conduite qu'il lui conviendra d'adopter. Séparé de cette extrême droite dont il voudrait, dit-on, se défaire, il lui reste le centre droit. Des gentilshommes, que la modération de leur caractère porte à se contenter du repos, sous un ministère analogue à leurs habitudes et leurs goûts; des fonctionnaires à qui la trop grande responsabilité d'un ministère constitutionnel imposerait des gênes dont, chaque jour, on les accoutume à s'affranchir; enfin ce grand nombre d'hommes honnêtes et désintéressés, qui, trouvant que la révolution a duré trop long-temps pour eux, aimeraient mieux l'ajourner, que de se donner à eux-mêmes le trouble de la finir, voilà les élémens dont cette partie de la Chambre est formée. Or, ces hommes craignent moins d'être vaincus que d'avoir à combattre. Le parti dont ils consentent le plus volontiers à avoir peur, c'est celui qui les menace d'assez loin pour qu'ils ne soient pas obligés à une résistance actuelle et laborieuse. Ainsi le parti révolutionnaire est aujourd'hui l'objet de leur inquiète surveillance; il est si bien abattu qu'on peut le combattre sans se déranger; mais le parti contre-révolutionnaire pèse de très-près sur les hommes du centre droit; pour le secouer, il faudrait un effort; aussi ne veulent-ils guère se résigner à le voir, à le sentir, à le craindre. De quoi se plaint-on, demandent-ils sans cesse? La France n'est-elle pas tranquille, les champs bien cultivés, les maisons ne s'élèvent-elles pas partout neuves et blanches? La rente a-t-elle cessé de monter? Où est la misère? Où est le mal à repousser? Il fallut les excès de 1815 pour leur inspirer quelques craintes. Il fallut surtout, que le ministère leur dît : c'est à moi que ces gens-là en veulent. Depuis trois ans, au contraire, le ministère travaille à les endormir sur ce genre de péril; se réveilleront-ils tout-à-coup de ce paisible sommeil pour apprendre que de nouveaux dangers les menacent? et de la part de qui leur fera-t-on entrevoir ces dangers? de la part des hommes qu'on leur a présentés jusqu'ici comme leurs plus fidèles, leurs plus utiles, leurs plus courageux alliés; de ceux auxquels ils doivent le ministère qui les rassure. Croiront-ils qu'il en faille arriver à une rupture ouverte? et si M. de Villèle vient leur révéler que la ressource de l'état et du ministère est dans cette opposition dont il leur a enseigné à se méfier, s'il faut recommencer à fonder des institutions plus ou moins conformes aux principes dont on les épouvante depuis trois ans, le poids même de l'autorité ministérielle suffira-t-il à les décider? qu'on songe jusqu'où devrait s'étendre des deux côtés l'alliance ministérielle pour comprendre dans ses liens un centre capable de neutraliser l'opposition de droite; qu'on se représente M. le Chevalier Lemore, abandonnant les grands colléges et votant, avec M. Foy, contre l'exclusive juridiction des cours royales. La droite indignée ferait tonner les mots de *trahison*, de *révolutionnaires*; tout retentirait des plus sinistres présages, de la ruine prochaine de la monarchie. Que n'aurait pas à faire M. de Villèle pour soutenir l'esprit des siens contre de si terribles orages? de quelles effrayantes révélations n'aurait-il pas besoin de s'armer à son tour pour les effrayer sur l'imminent danger du triomphe de ce parti vers lequel il les a si doucement amenés les yeux bandés? que d'aveux à faire! quelles résolutions à prendre! une lutte ouverte et déclarée, sans espérance de retour, voilà le seul moyen qui puisse forcer les amis de M. de Villèle à le suivre contre un ancien allié qu'ils regretteront, et vers lequel ils soupçonneront leur chef d'être toujours prêt à revenir. Ce moyen, M. de Villèle l'adoptera-t-il?

Je ne peux pas : telle serait la réponse de M. de Villèle réduit à cette extrémité. Si c'est encore là le point d'appui de M. de Villèle, si c'est la base qu'il voudrait donner à des négociations, comment traiter avec un allié *qui ne peut pas*? Comment fonder quelque espoir sur les promesses d'un ministre qui ne pourrait pas les tenir? que M. de Villèle cherche à rentrer, contre le côté droit, en possession d'une véritable puissance, qu'il commence à replacer lui-même les barrières constitutionnelles; qu'il restitue à la France nouvelle ses moyens d'action et ses droits; alors le côté droit verra que M. de Villèle ne peut réellement pas tout ce qu'on lui demande; alors M. de Villèle ne pourra plus, il est vrai, écraser les autres partis, mais il aura les moyens de gouverner le sien. Qu'il choisisse, car il faut choisir..... Si je ne me trompe, son choix est fait et ne changera point.

FIN.

IMPRIMERIE DE CONSTANT-CHANTPIE,
Rue Sainte-Anne, n. 20.

www.ingramcontent.com/pod-product-compliance
Ingram Content Group UK Ltd.
Pitfield, Milton Keynes, MK11 3LW, UK
UKHW021206230726
13926UKWH00001B/342